Riesig ragen, neu erblühn:
Genießen wir verbunden
all das Streben und Bemühn,
dass gemeinsam wir gesunden.

Besser leben
ganz im Schweben ...

o'mura

Was wären wir ohne Bäume?

Hymnen auf die ältesten Freunde der Menschheit

Vertragslabel: Verlag PanOmnia

ISBN print: 978-3-384-00839-8
ISBN E-Book: 978-3-384-00840-4

Druck und Distribution im Auftrag des Autors:
tredition GmbH, An der Strusbek 10, 22926 Ahrensburg, Germany

Der Einband zeigt eine Kompilation von Marianne Fletcher unter Verwendung einer Grafik von Hein Driessen, digital entwickelt im Rahmen meiner Edition ‚Emmericher Lieder' aus dem Jahre 2012.

Weitere Informationen zu dieser außergewöhnlichen Künstlerin unter: **marianne-fletcher.de**. Diese hat den Inhalt des vorliegenden Buches vorab nicht zur Kenntnis nehmen können, ist für diesen also nicht verantwortlich zu machen.

Konstruktives Feedback an: questioning-of-the-author@gmx.de

Bibliografische Information der DNB:

Die Deutsche Nationalbibliothek verzeichnet diese Publikation in der Deutschen Nationalbibliografie; detaillierte bibliografische Daten sind im Internet über www.dnb.de abrufbar.

I

Ein Hochgebet
der Erde
an die Welt

Was ragt und uns beschattet,
betagt uns tiefste Freude schenkt,
sind wir mal traurig, mal ermattet –
hier sei's gefeiert und umkränzt.

Uraltes gibt uns Hort und Halt.
Gestaltet es! Die Wortgewalt
krönt und salbt es. Helft ihm bald.

Ohne euch sind wir verloren

Bäume, euch will ich besingen!
Ein Lied aus Jahrmillionen
sitzt zwischen Zweig- und Ästeschlingen,
wo Ameisen und Geister thronen.

Bäume – welch erhabner Trost!
Keiner kann mir diesen nehmen.
So sehr die Flachheit mich umtost:
Eure Stille lässt mich schweben.

Bäume, hebt mich himmelan!
In eurem Schatten ich erblühe.
Für euch ist nichts umsonst getan,
lohnen Muße, Mut und Mühe.

Ja, wer sich mit euch verschworen,
ist selbst in Foren unter Toren nie verloren.

Unter Bäumen lass dich nieder

Unter Bäumen lass dich nieder!
Fühle die Geborgenheit.
Ihre Wipfel geben wieder
das Geflecht der Ewigkeit.

Ohne sie gäb es kein Leben,
das höher und subtiler strebt,
nichts als hässlich-kahle Gräben,
Gestrüpp und Gräser, pilzverklebt.

Ihre Wurzeln halten alles,
das Vergangene durchdringend.
Dies Lebensfell des Erdenballes
wahrt die Zukunft, braucht uns dringend!

Wann endlich wacht die Menschheit auf.
Nimm Versteppung nicht in Kauf.

Was wirklich zählt

Wenn der Himmel in die Erde dringt,
weicht das Chaos kurz zurück.
So quillt, was aus sich selbst entspringt,
zum Licht empor: ein Lebensglück.

    Ein zarter Spross,
    ein wahres Wunder;
    wer's sich erschloss,
    den macht's gesunder.

Reich begabt an Möglichkeiten,
sich zu nähren und zu wehren,
strebt der Keim zum Hohen-Weiten,
dem Nehmen-Geben: ins raue Leben.

    Gelegenheit,
    ein kurzes Schweifen ...
    Was sich befreit,
    kann weiter reifen.

Würmerfraß und Mäusekot
sind nicht wirklich wichtig.
Erwacht der Baum im Morgenrot,
hat er sich selbst ertüchtigt.

    Die eigne Kraft,
    in sich zentriert,
    den Ausgleich schafft,
    sich selber führt.

→

Ist auch abgestorben bald
die Rinde wie der Kern,
ist der Baum noch lang nicht alt,
wächst er doch weiter gern.

    Die Zwischenschicht
    bleibt immergrün –
    durch den Verzicht
    aufs Fortbestehn.

Und ist die Zeit gekommen,
sind Ast und Stamm zerspellt,
kann's immer noch dem Alten frommen
für seine Blatt- und Blütenwelt.

    Bis ins Letzte
    durchzuhalten!
    Das verletzte
    Sein gestalten!

Bäume sind ein Hochgebet
der Erde an die Welt.
Wer auf ihrem Schutz besteht,
weiß, was wirklich zählt.

Lass dich inspirieren!

Klaglos ragt der Baum im Felde,
sich ertrotzend hohen Stand.
Holt der Sturm ihn auch in Bälde –
noch beschützt er dieses Land.

Sieh ihn auf dem Hügel ragen:
weitverzweigt, ein Lebensheld.
Er verwirklicht das, was zählt.
Ein Vorbild auch im Leidertragen.

Schnitze nichts in seine Rinde,
wär's doch ohnehin nur Tand.
In seiner Pracht ertrinkend finde,
was die Menschen lang verkannt.

Symbiose und Geschlossenheit
künden kraftvoll breit
im schönsten Blätterkleid
vom Trotz – zur Feier der Lebendigkeit!

Kehr zurück, hinauf!

Stell dich an den Rindensaum,
schau hinauf zur weiten Krone!
Fühl dich ein in das Vertraun:
Dies Mühen sich noch lange lohne.

Lehn dich an den Riesenstamm,
der den Säften Richtung gibt.
Halt gibt dieser Lebensdamm,
der - vergnügt - sich selbst genügt.

Keine Zweifel solln dich zwicken,
Trauer dich nicht niederdrücken.
Jeder Baum ist ein Versprechen.

Wechselseitig mag's uns glücken,
liebe-, lustvoll aufzurücken.
Solange wir den Eid nicht brechen.

Das Alter zählt

Das Alter zählt bei einem Baum.
Erst wenn dieser knollig dick
ausgreift in den Himmelsraum,
zeigt sich sein ganzes Lebensglück.

Das Geheimnis seiner Existenz
dürfen wir erschaun:
seine innre Exzellenz,
den versunkenen Traum.

Sieh auf das Leben in der Borke:
ein permanenter Lenz,
immerfort in Sorge.

Und sieh der Äste hohe Weite!
Das Alter fördert Eminenz;
es offenbart, was einst befreite.

Herbstliches Schweifen

Welkes Blatt am großen Baum,
bald schon fällst du nieder,
endest deinen eignen Traum,
schweigst im Klang der Lieder,
die an aller Zweige Saum
fröhlich hallen wider.

Neues Grün soll bald erblühen,
willst es nicht behindern.
Golden leuchtest im Verglühen
du im Haar von Kindern.
Duldsam freundlich dein Bemühen;
der Tod kann es nicht mindern.

Wie neid ich dir die stille Gunst!
Mir bleibt das Scheitern – und die Kunst.

Auf die Lebendigkeit!

Der Spross ragt auf erwartungsvoll,
die Knospe greift hinaus ins Weite.
Die Blüte macht die Bienen toll,
damit die Lust das Glück begleite.

Und welkt auch bald die Blütenpracht,
es bleibt ein Gruß zurück:
Am Stamm so mancher Same lacht.
Zukunft, die uns neu verzückt.

Die Zyklen der Lebendigkeit
triggern Trost und Transzendenz,
tragen tiefste Traurigkeit
auf die Höhen der Essenz.

Im Sein liegt so viel Kraft und Fülle!
Dem Geist reicht Vorstellung und Wille.

II

Freundlich funkeln
Feenfedern

Der elegische Stil der nachfolgenden Gedichte ist der Tatsache geschuldet, dass 2010 ein Drittel aller Bäume im Rheinpark von Emmerich gefällt werden sollte – mit absonderlichen Begründungen.

Wenn sie nicht sterben

Die Bäume im Park
sind wirklich stark.
    Kein saurer Regen
    kann sie erlegen.
        Der Sturm ab und an
        holt sich einen Stamm.

Die Wipfel ragen
(nur Menschen zagen),
    doch statt sie zu ehren,
    kommen Beschwerden:
        Zu dunkel sei's hier,
        zu wenig Pläsier.

Kommt der Fluss in Wut,
schickt er die Flut.
    Dann freut sich das Wehr
    über Wurzeln sehr,
        die ihm ihren Halt vererben.
        Wenn die Bäume nicht sterben.

Trost am Fluss auf breitem Fuß

Neugierig wie eine alte Frau,
die hinausspäht auf den Großen Fluss,
steht die Weide bräunlich grau
mit prächt'gem Schopf auf breitem Fuß.

Und grüßt aus fernen Tagen.
Kraftvoll, gar nicht traurig,
manchmal ein bisschen schaurig,
will sie ihr Bestes wagen.

Im Innern morsche Gastlichkeit
für Käfer, Pilz und Mäuse;
nach außen stark verrindet,

dass jeder Obdach findet.
Ach, wohliges Gehäuse!
Du gibst uns Trost in harter Zeit.

Dankeslied an die alte Trauerweide im Rheinpark von Emmerich

Beschützer und Beschirmer

Alter Freund, deine Tage sind gezählt.
Ich seh's an kleinen Zeichen,
dass dir die Gesundheit fehlt.
Ich fürchte, du musst weichen.

So lange hast du durchgehalten!
Nichts konnte dich besiegen,
kein Krieg und keine Sturmgewalten.
Nie sollst du unterliegen!

Einst schütztest du Haus Alpen;
im Bombensturm blieb es als Einz'ges stehn.
Wie solln wir ohne dich den Platz gestalten!

Noch prangst du hier in voller Schönheit,
ein Kirchen-Kavalier, so prächtig anzusehn.
Und leise rauscht's: Nutzet die Zeit!

Dankeslied an die Blutbuche vor der Aldegundis-Kirche von Emmerich

Dem Alten Baum von Emmerich

Ein alter Baum schmückte die Wehr
Dort, wo die Schiffe hielten.
Und sie, die Schiffer, schätzten ihn sehr,
Die Emmericher umso mehr,
Als sie das Stadtrecht erhielten.

Es rauschte leis der Blätterreigen,
Sturmgepeitscht im flachen Land.
Allen wollte er sich zeigen:
Stark und schön, von festem Stand.

Und als sie Festungswälle bauten
Rings um den hoheitlichen Baum,
Als sie nach Spanien bangend schauten,
Sich Kriege wirr zusammenbrauten,
Lebte er den Friedenstraum.

Es entsagt des Baumes Schweigen
Klatsch und Klage, Tort und Tand.
Allen wollt er gerne zeigen
Nutz und Norm durch festen Stand.

Als schließlich halb Europa brannte,
Ging das erste Reich zu Ende.
Als man Bonaparte bannte,
War unser Baum der Allbekannte.
Bald kam auch er in Preußens Hände.

Pulverdampf und tiefes Schweigen,
Ein nagelneues Vaterland.
Allen wollt er trotzig zeigen:
Das Ururalte hat Bestand!

→

Blut und Glut, im Krieg verbunden –
Ja, es wuchs der Preußen Glück!
Der Niederrhein hat es verwunden.
Der Baum, er wurde nie geschunden,
Vertraute ganz auf sein Geschick.

> Am Horizont: ein blut'ger Reigen.
> Zum Sterben ruft das Vaterland.
> Verneigen war ihm nicht zu eigen,
> Doch was liebt' er dieses Land!

Und sie fingen an zu graben,
Hackten viele Wurzeln ab,
Als sie das Mal errichtet haben,
Zu stützen all die Heldensagen
Direkt vorm Alten Baum im Park.

> Alle mussten sich verneigen.
> Sterbedienst fürs Vaterland.
> Er wollt allen warnend zeigen:
> Eifer setzt die Welt in Brand!

Als dann der Große Krieg entbrannte,
Keiner siegte, viele starben,
Ehrte er die unbekannte Zahl von
Bürgern, die der Krieg verbannte.
Er trug nun tiefe Narben.

> Schwäche wurde ihm zu eigen,
> Dunkelheit kam übers Land.
> Sein Raunen rauschte auf im Reigen:
> Liebe braucht ihr! Und Verstand.

→

Der Blitz fuhr tief in ihn hinein,
Ein dicker Ast brach aus.
Die Höhlung blieb nicht lange klein,
Man füllte bald Beton hinein.
So widerstand er Pilz und Maus.

    Lebensmut in allen Zweigen,
    Blütenpracht im Friedensland.
    Allen Schiffern wollt er zeigen:
    Was ragt betagt, steht unverwandt!

Auch als die braune Zeit begann,
Endend schroff im Bombenhagel,
Schützte er mit seinem Stamm
Alte, Junge, Frau und Mann,
Durchlitt mit ihnen jeden Mangel.

    Welch fürchterlicher Todesreigen
    Zerstörte unser Land!
    Doch in des Alten Baumes Zweigen
    Jeder Halt und Tröstung fand.

Und als die große Kälte kam
Und viele frierten ohne Kohle,
Hindert' sie die eigne Scham,
Dass sie der Wehr das Letzte nahm'.
Die Stadt war in der tiefsten Sohle.

    Solidarität zu zeigen,
    War das Unterpfand
    Für den Aufschwung und das Steigen
    Im Wirtschaftswunderland.

→

Dann rebellierte stark die Jugend
Gegen Mief aus tausend Jahren.
Auflehnung galt nun als Tugend.
Doch von des Baumes Ästen lugend
Spielten Kinder oft in Scharen.

      Sie konnten in sein Innres steigen,
      Geborgen in des Baumes Wand.
      Wieder konnt er allen zeigen:
      Weite, Höhe, fester Stand!

Nach tausend Jahren Dienst in Demut,
Nach all dem Segen für die Stadt,
Sank unserm Alten Baum der Mut:
Kein Geld fand sich für dieses Gut.
Die Proteste blieben matt.

      Erheben nicht zuerst die Feigen
      Wider die Schwachen ihre Hand?
      Sie wollten neue Stärke zeigen:
      Neue Bäume braucht' das Land!

Der Urbaum wurde umgerissen
Wie totes, nutzloses Gestrüpp,
Wurd abgesägt und weggeschmissen.
Das Band der Ahnen – fast zerrissen.
Wer will schon ihren Geist zurück?

      Siehst du die Verblödung steigen?
      Wir brauchen dringend dieses Band!
      Gerade alte Bäume zeigen
      Das wahre Sein: den Ur-Verband.

→

Sie steigern unsere Bewusstheit
Für das, was wirklich zählt.
Sie lindern Krankheiten und Streit
Durch ihre Einzigartigkeit
Als fein verzweigtes Lebenszelt.

Der Alte Baum zu Emmerich
Gemahnt uns umzukehren.
Enteigne und befreie dich!
So wird dich nichts beschweren.

Aushang im Rheinpark, der die Bürger 2010 ermutigen sollte, sich
gegen die geplante Abholzung eines Drittels des Baumbestandes
aufzulehnen. Mit Erfolg!

Jeder Baum hat seine Schönheit.
Bürger, schaut auf diesen Park!
Vielfalt sichert Inspiriertheit.
Nur verwurzelt sind wir stark!

Die (noch heute aktiven) „Baumfreunde Emmerich" konnten etliche
Bäume vor der Abholzung bewahren. Leider nicht alle.

**Eine Ordnungsepisode:
Gründlich sei und rode!**

Der Hausmeister vom Schifffahrtsamt
hatt einen Findling im Garten:
graniten groß, ein Flor wie Samt,
leicht bemoost von manchen Arten.

Und mittendrauf ein Bäumelein
mit dunkelroten Blättern.
Es krallt' sich in den Felsen ein
und trotzte allen Wettern.

Der Bonsai wuchs nicht weiter,
wurd nur so hoch wie meine Hand.
Er thronte wie ein Reiter,
nutzend jeden Krümel Land.

Wie sehr verehrte ich den Spross
bei jedem Gang im schönen Park!
Wie ernährt sich dieser bloß?
Ein Wunderwerk, so schön und stark.

Des Meisters Tochter, etwa vier,
spielte gern im Garten.
Da sah ich, wie es grad die Zier
des Felsens wollt zermartern.

$\rightarrow$

Es zerrte an dem schmalen Ding
und konnt es doch nicht rupfen.
Das Blattwerk nun in Fetzen hing,
da musste ich es rufen.

‚Sieh doch nur, wie schwer und leicht
das Bäumchen alles hier erträgt!
Sollten wir es nicht vielleicht
hegen, weil es uns bewegt?‘

Das Mädchen schwieg und rannte weg.
Aus sich konnt es nichts fühlen
als einen dunklen Riesenschreck.
Sein Tun war frei von Zielen.

Kein Blatt hing mehr am zarten Zweig.
Ich bangte um das Überleben.
Doch bald schon war's so weit:
Neu spross es verwegen.

Welch eine Freude, das zu sehn.
Welch ein Glück, das zu erleben!
Wer könnte da beiseite stehn,
ohne zu erbeben?

→

Der Hausmeister erkannte bald
die Achtsamkeit des Fremden,
entschied bewusst sich für Gewalt,
wollt eine Botschaft senden.

Mit einem Hochdruckreiniger
entfernte er das Wunder.
Gründlich war mein Peiniger.
Er hielt's für bloßen Plunder.

Der nackte Felsen war ihm wichtig.
Dass ja kein Kraut die Ordnung stört!
Ihn hat die ‚Störung' nicht betört.
Ist was nicht richtig, ist es nichtig!?

Wer blind ist für die kleinen Dinge,
die unscheinbare Leistung,
sieht in dem, was so gelinge,
nur Chaos und Erdreistung.

Lasst uns die Ausnahmen genießen
und rupfen nicht – nein: gießen!

In den Wind geflüstert

Weite Wipfel wunderbar
entfalten ehrwürdig und klar
den Sinngehalt des Lebens:

Tief verwurzelt aufzuragen,
zu erblühn, nicht zu verzagen!
So ist nichts vergebens.

Freundlich funkeln Feenfedern
hoch im Laub des alten Riesen;
flüstern, was die Ahnen gern
im Verborgnen ließen.

Welche Würde! Wie viel Weisheit
weht uns aus den Zweigen an!
Wandrer, hier gerinnt die Zeit.
Erahne, wie die Welt begann.

Dankeslied an den wunderschönen Silber-Ahorn vorm
Pastorat der Aldegundis-Kirche, der leider nicht zu retten war.

Sein Flüstern bleibt

Nun ist er weg, der schöne Baum,
der Silber-Ahorn hier am Platz.
War er nicht prächtig anzuschaun?
Unersetzlich, dieser Schatz!

Sind nicht die alten Bäume
ein wichtiger Verbündeter?
Sie füllen schale Räume.
Von fernen Zeiten kündet' er!

Der alte Silber-Ahorn raunt
noch heute hier am Platze,
wo ihn manch Kind bestaunt'.

Sein Flüstern hören nur
Marder, Maus und Katze:
Woh-woh-woh blieb nur die Bäumekur?

III

In Liebe
und
Genügsamkeit

Laudatio Betula

Unter schmutziggrauen Borken
leuchtet hell, ganz unverbraucht,
der Bast des Inner-Äußeren.
Heimat, klar und wirklich.

Entrinn auch du!

Aus Schlamm und Schmutz
            und schwarzen Schlacken
ragt die Hoffnung grün und jung.
Sie ignoriert die alten Macken,
verzichtet auf Erinnerung.

Der Spross, auf sich allein vertrauend,
strebt verbunden höchst verwegen,
ganz auf seine Zukunft bauend,
dem Hohen-Lichten froh entgegen.

Entkommend aller Fäulnis
beweist er seine Kohärenz.
Nie bummelnd, ohne Säumnis
lebt er die Konsequenz.

Neidisch blick ich auf das Grün,
darf belehrt nun weiterziehn.

befreit bereit

Blütenknall am Kirschenbaum:
rosa Blütenblättertraum,
wolkenweißes Waberwirken,
bienenzärtliches Bezirpen,
ein freudig-frohes Flirrn und Flirten.

Umfange mich und schließ mich ein!
Will ganz in dir zuhause sein.
Im Zauber der Vergänglichkeit
deine Liebe mich befreit.
Bin offen und bereit für sie, die immer bleibt.

**Transzendierend durch Gefühl,
dich verlierend im Gewühl,
wird's nicht frierend dir zu kühl**

Bäume sind nur ein Objekt,
in das so ein Romantiker
seine ganze Sehnsucht steckt?

Solch Vorwurf mich nicht schreckt,
werd samtiger statt grantiger
ich vom Sehnen – das erweckt!

Verborgen, verbannt,
in Sorgen verrannt

Ein junger Trieb spross hoch hinauf,
versteckt in einer Hecke.
Nur dort fiel er nicht weiter auf;
keiner bracht ihn da zur Strecke.

So wuchs und zweigte unverdrossen
er im Stillen, wie's halt ging;
doch sobald er aufgeschossen,
kappte eine Schere ihn.

Die Heckenhöhe war erbärmlich
für einen stolzen Buchenstamm;
das Bäumchen aber fügte sich,
wuchs seitwärts nur noch irgendwann.

Ein Kompromiss, der nur erhält,
zeugt Düsternis, die zehrt und quält.

Offenbarung

Es gibt Bäume, die sind teuer,
weil sie alle drei, vier Jahre
- der Aufwand ist ja ungeheuer -
umgepflanzt per Riesenbahre

neu verankert werden.
Was niemals ganz gelingt,
da keine Wurzel in die Erden
weiter, tiefer ragt noch dringt.

Dennoch spürt er bang hinein,
der in sich verflochtne Baum:
Wie könnt wohl die Ganzheit sein?
Sie ist sein Trost und Trug – ein Traum.

Steh ich vor solchen Wurzelballen,
erkenne ich mich selbst in allem.

**Ob sparen oder prassen:
es muss zusammenpassen**

Der Laubbaum reckt sein Blätterkleid
breit der Sonn entgegen
und wirft es ab zur rechten Zeit
der Verdunstung wegen.

Nadelbäume wehren sich
mit ganz besondren Ölen.
Sie halten schmal den Blätterstrich:
Der Winter kann sie kaum bestehlen.

Gleich, ob schmal und bleibend
oder breit und meidend:
Es muss zusammenpassen.

Wie immer die Entscheidung fällt:
Wer sich nicht den Kosten stellt,
wird - bei leeren Kassen - bald vom Glück verlassen.

Manch Anblick lässt erschauern
als Geschick ohn Überdauern

Ein gigantisch dicker Stamm
rottet neben Stumpf und Ästen,
modert wohlbemoost und klamm,
hadert nicht mit seinen Gästen.

Ach, mir ist, als könnt ich hören
seinen wuchtig-schweren Fall.
Der Stamm, der Stumpf heraufbeschwören
einer Ära Widerhall.

Die grüne Burg zeugt heute noch
vom Ewigen und seinem Joch:
Wandel, Wechsel, Wuchereien.

Auf Stamm und Stumpf erblüht
neues Leben unbemüht,
das Licht zu freien im Befreien.

Die Wüste lauert schon

Wenn eine alte Buche fällt,
sturmentwurzelt, kerngesund,
geht ein Raunen durch die Welt,
löst sich ein uralter Bund.

Und siehe: Unter flacher Scholle
offenbart sich nichts als Sand!
Die ganze Pracht, die wundervolle,
in sich Erfüllung fand.

Wehe, sie wird ganz vernichtet.
Die Wüste lauert schon!
Ein Wissen, das uns sehr verpflichtet.

Bewahren wir die schmale Schicht,
die wir allhier bewohn'!
Welch edle, hoheitliche Pflicht.

**Die Femeiche ist voller Leben,
sie lässt uns schweigen, schweifen – schweben**

In Erle zu Raesfeld auf heiligem Platz
ragt machtvoll-trotzig ein kostbarer Schatz.
Die Femeiche erhält sich jung
als Lichtdom der Erinnerung.

So manch Gericht hat hier getagt.
Unter den Ästen wurde gefragt,
ob einer bezweifelt die Autorität,
der vor der alten Eiche steht.

Ob Richter oder Angeklagte:
Unter diesen Ästen wagte
keiner je, den Baum zu schmähen,
gestanden viele ihr Vergehen.

Der Eiche Alter lässt erschauern
jeden, der sie sieht und sichtet.
Käfer, Mäuse, Pilze lauern!
Lage pflichtet, Pflege lichtet.

Wer entzieht sich solcher Pracht?
Sie regiert uns stark und sacht,
bereichert und will nicht mehr weichen –
dunkel-klare Zeichen des Ewig-Immergleichen!

In Erle zu Raesfeld auf heiligem Platz
vertieft ein Urbaum den Wissensschatz,
hält Staunende in Ehrfurcht jung
als Lichtdom der Erinnerung.

**Gemeinsam nur?
Nie einsam – pur!**

Bäume sind wie Mahnmale.
Wie groß wär unser Schmerz,
wanderten in totem Tale
wir verloren seelenwärts.

Bäume, grad die alten,
verdienen stets Bewunderung.
Kluges Neugestalten
sichert die Erneuerung.

Wenn Liebe sie umfängt,
ist die Hälfte schon geschafft.
Ignoranz das Grün versengt.
Achtsamkeit entschlafft.

Öffne dich den rauen Riesen!
Finde unter diesen heraus aus allem Miesen.

Es schmerzt tief innen,
wenn Chancen rinnen

Ich recycle Altpapier und weiß doch:
Nur für Kartonagen gibt's ein Fit.
Bei Büchern heißt es immer noch:
Wir verwenden kaum Chlorit.

Ich schreib bewundernd über Bäume
– und lass sie fällen, nur damit
mein Loben keinen je versäume.
Das Dilemma ist absurd, ethisch: Dynamit.

Ich leide schon beim Zeitunglesen,
bin zu alt für eBook-Sachen.
Durch Digitalisierung könnt's genesen.
Da gehörn wir zu den Schwachen.

So bitt ich alle um Erbarmen.
Wälder leiden auch im Warmen.

Das All lädt jeden unter Bäumen
ein zu wachen und zu träumen

Gesegnet ist, wer unter Zweigen
harren darf im hohen Schweigen
schönster Bäume, vollster Pracht.

Vergessen sind vergangne Leiden,
all die Schmerzen, die wir meiden,
im Angesicht der Lebensmacht.

Heb die Augen zu den Sternen,
senke, um sodann zu lernen,
sie auf Wurzel, Stamm und Wipfel.

Heimat wirst du so erfahren,
den Reichtum hunderter von Jahren,
der uns erhebt zu höchstem Gipfel.

Verbunden sind wir nie allein,
inspiriert vom wahren Sein.

Merkwürdiges von *o'mura* (Olaf Muradian)

Ab 2023 erscheinen diverse Schriften des Autors (siehe letzte Seite). Hier vorab einzelne Poeme:

Rufe vom Urgrund

Oase, Quell, Refugium
wolln Philoeme sein,
im Ganzen eine Präludium
für das, was du entfachst allein.

So starte deinen eignen Flug!
Von Lug und Fug gibt's schon genug.

I,1

Mag das Beste sich entringen
tiefster Seelenqual:
Du kannst dich entscheiden.

Nein, du musst nicht leiden.
Doch soll dein Werk gelingen,
hast du keine Wahl.

III,13

Alle fragen nach dem Sinn,
dem letzten Zweck und Ende.
Sieh die Natur als Lehrerin:
erspare und verschwende.

I,9

Wenn Routine dich erobert
und leere Blicke Standard sind,
erfühle, welche Kraft noch lodert
tief in dir: Das Hohe Kind
- heil und heilig - hilft und hadert nicht.
Voller Güte. Ohne Pflicht.

II,6

Vernunft verwandelt schlaue Affen
in hinterhältige mit Waffen.

Die Ratio ist bloß Instrument,
das keine Treu und Liebe kennt.

Drum wandele in Heiterkeit.
Verstand allein bringt keinen weit.

I,2

Ganz im Lieben steigt, was fällt.
Fern von Siegen sei ein Held.
Im Erliegen wieder zählt,
was dich fliegen lässt, nicht stählt.

Die oft schwiegen, warn erwählt?
Doch sie stiegen auf entstellt.
Strenge Riegen - wild und welk -
wolln ersiegen das, was quält.

Ihre Lügen sind verfehlt.
Sie betrügen den, der wählt.
Wann sie mieden Macht und Geld?
Kaum zu wiegen, was zerspellt.

Krieg den Kriegen! Nie nichts fehlt.
Geh in Frieden aus der Welt.

XV,4

Der Bogen - überspannt -
bricht und schlägt die Hand.

Gier und Eifer - unverwandt -
übertölpeln den Verstand.

Selbst wer dies in sich erkannt,
hat die Gefahr noch nicht gebannt.

V,1

Fabelhafte Freveleien

Was, wenn er der Eine ist?
Vielleicht ist alles eine List

Letztens in der Lobby des Hotels:
ein ziemlich großes Aquarium.
Gelangweilt schwamm darin ein Wels
mit andern Unterschätzten rum.

Er fokussierte mich genau;
der Rest war ihm ja eh vertraut.
Das kleine Biest war nicht nur schlau:
Es meditierte ohne Laut

und hat mich dauernd angeschaut.
Mein Kiefer kiemenartig kaut –
ist das die Leitwirkung der Klugen?
Der Wels haut alles aus den Fugen.

Was, wenn er der Eine ist,
an dem sich alles Heil bemisst?

Bremst Fantasie die Hysterie?

Vielleicht befindet sich das All
in der Lunge eines Riesen.
Wär dann der ganze Stress im Stall,
mit dem wir uns vermiesen
das, was schön ist, prall und drall,
nicht völlig überflüssig? Diesen
Welterklärungsansatz sollten wir vertiefen.
Er könnte unser Glück verbriefen.

**Freundlich und famos?
Scheint Wilden dumm, dubios**

Nazcatölpel-Küken sind aggressiv und
taff: Das Nachgeborne wird vertrieben.
Die Eltern solln nur einen Schlund
stopfen müssen. Harten Hieben

sind Spätgeschlüpfte ausgesetzt.
Doch warum dann zwei Eier?
Die Eltern wären bass entsetzt,
wär das Erste freier,

freiheitlich – ein Philosoph?
Ein Lab- und Liebender im Nest?!
Der gälte als behindert doof.
Ein fordernder Survival-Test.

Deshalb stets zwei Eier:
Philosophen sind fürn Geier.

Auszug aus:
Tiefere Wahrheit – Höhere Klarheit

Alles ist Blatt, sagte einst Goethe.
Und: Jedes Teil enthält das Ganze.
Jeder kennt die kostbare Flöte,
doch wer spielt sie, nutzt die Chance?

Alles ist gleich organisiert.
Wer erforscht die höheren Zwänge?
Wie oft wird nur herumlaviert.
Wer hört auf Kosmo-Klänge?

Wer Optima geistig durchdringt,
Einsicht erringt, die nichts erzwingt.

Philoeme aus der History Science-Fiction Novel

In allem ist Liebe

Erinnerungen an das Jahr 265 v. Chr.

Wie ist es um die Welt
im Innersten bestellt?

Erforscht es wohl, doch mit Bedacht:
Gebt nicht auf das Falsche acht!
Nur Konkretes zu bedenken,
hieße sinnlos sich beschränken.

Die freie Transzendenz braucht Weite;
sucht sie in dem, was einst befreite
vom dumpfen Joch des Primitiven:
auszubrechen wach und staunend
durch hoheitliche Direktiven.

Lasst uns feiern, was gewesen,
was lebendig inspiriert,
dass vom Leid wir neu genesen,
uns die Fülle nicht verliert.

Ein Trost sei dir die Ewigkeit
des Großen-Hohen-Ganzen.
Illusion sind Raum und Zeit.
Die Moleküle tanzen!

Wenn Verzweiflung in dir schreit,
mach zum Aufbruch dich bereit,
zur Rückkehr in die Seligkeit
der Tiere wie der Pflanzen.

Egal was du hier lesen magst,
wie gut es dir gefällt:
Es zählt, was du an Liebe wagst,
wie weit hinauf du selber ragst.
Durch dich erblüht die Welt!

Folgende Werke von Olaf Muradian - alias *o'mura* -
erscheinen 2024 bei *tredition:*

Titel, Untertitel   Editionsart

innehalten – innewerden   HC
Rufe vom Urgrund des Seins   EB

Fabelhafte Freveleien   TB
Auf- und Ausbruchsverse   EB

Was wären wir ohne Bäume?   TB
Hymnen auf die ältesten Freunde der Menschheit   EB

innewerden und sich erden   TB
Anthologie der ‚Rufe' und ‚Freveleien'   EB

Effektivität durch Klarheit   TB
Drei Essays zur Steigerung der Transparenz   EB

Emmericher Lieder Lyrik des Niederrheins   EB

Legende:
HC – Hard-Cover   TB – Taschenbuch   EB – E-Book

Weitere Editionen in Vorbereitung!

Folgende Werke des Autors stehen bei **academia.edu** als PDF-EBook
zum freien Download bereit:

Projekt Pansophia
Vorschlag zur Neugründung der Philosophie als Wissenschaft
2. überarbeitete Auflage

Denke selbst – und beginne von vorn!
Vorschlag zur wissenschaftlichen Neufundierung der Philosophie